A los niños de la Gran Sabana

Quinta impresión, 1998

© 1985 Ediciones Ekaré
Edición a cargo de Carmen Diana Dearden
y Verónica Uribe
Dirección de arte: John Luján
Av. Luis Roche, Edif. Banco del Libro, Altamira Sur
Caracas, Venezuela
Todos los derechos reservados
ISBN 980-257-071-0
Impreso en Caracas por Intenso Offset, 1998

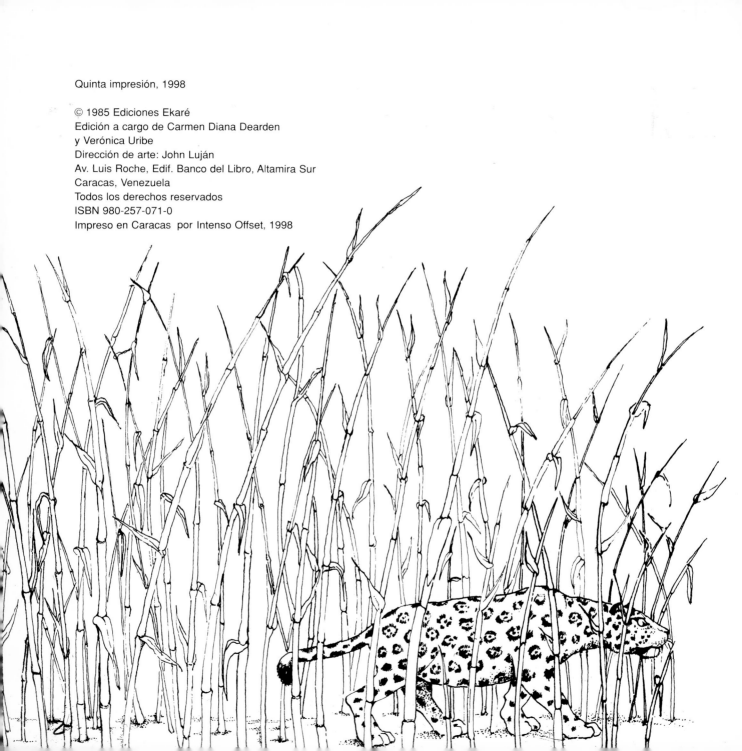

El Tigre y el Cangrejo

Cuento de la tribu pemón

Recopilación: Fray Cesáreo de Armellada
Adaptación: Verónica Uribe
Ilustración: Laura Liberatore

Ediciones Ekaré

Andando de viaje,
el tigre se encontró con un cangrejo
que jugaba a lanzar sus ojos al mar
y a hacerlos regresar.

–¿Qué haces, hermano? –preguntó el tigre.
–Aquí, –contestó el cangrejo– jugando
con mis ojos.
–¿Y cómo es ese juego? –volvió a preguntar
el tigre–. Hazlo. Yo quiero ver.
–No, mi hermano. Ahora no puede ser,
porque un pez muy grande
anda por allí a la caza.
–Caramba, hermano, –respondió el tigre–,
hazlo una última vez para que yo vea.
Tanto y tanto insistió el tigre,
que el cangrejo
al fin lo complació.

Se sacó los ojos
y los lanzó al mar,
cantando:

Ojos, mis ojos,
hasta el medio del mar
vuelen ya.
Sen, sen, sen.

Y enseguida dijo:
Ojos, mis ojos,
desde la boca del mar
vuelvan ya.
Sen, sen, sen.
Y los ojos del cangrejo
regresaron.

–¡Ahora yo! –gritó el tigre entusiasmado–.
Sácame los ojos y lánzalos,
igualito que lanzaste los tuyos.
–No, mi hermano –dijo el cangrejo–.
Ahora no puede ser,
porque un pez muy grande
anda por allí a la caza.

El tigre insistió tanto y tanto,
que el cangrejo,
para que lo dejara en paz, cantó:
Ojos de mi hermano,
hasta el medio del mar
vuelen ya.
Sen, sen, sen.
Y los ojos del tigre se fueron.
Cuando el tigre se sintió sin ojos,
se asustó mucho.
Empezó a dar brincos y a rugir.
–Mira, cangrejo, devuélveme los ojos,
que me voy a poner bravo.
Pero el cangrejo no le hizo caso.
Entonces, el tigre, rabiosísimo,
decidió llamar él mismo a sus ojos
y rugió muy fuerte:
Ojos, mis ojos,
desde la boca del mar
vuelvan ya.
Sen, sen, sen.
Pero, nada.
Los ojos no le obedecieron.

El tigre se asustó más aún y volvió a rugir.
Entonces el cangrejo dijo:
–Lo que pasa, hermano,
es que tú eres muy gritón.
Y cantó con voz suave:
Ojos de mi hermano,
desde la boca del mar
vuelvan ya.
Sen, sen, sen.
–Ya están aquí tus ojos.
Y ya está bien, mi hermano, –dijo el cangrejo–,
porque un pez muy grande se los puede tragar.

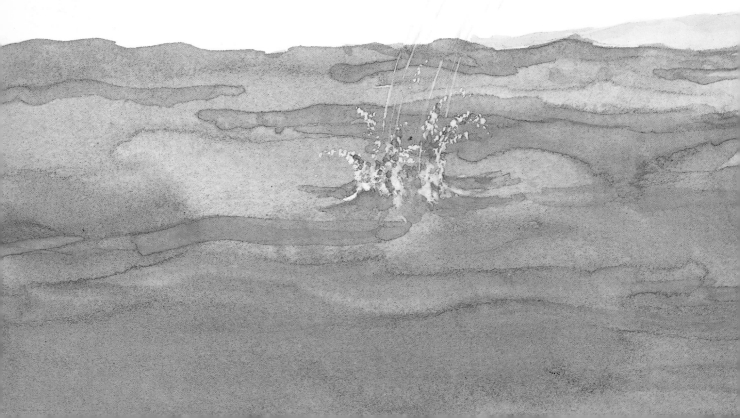

Pero al tigre le gustó mucho
lo que vieron sus ojos en el agua.
Y volvió a insistir
para que el cangrejo
le mandara sus ojos
una última vez al mar.

Por fin, cansado de oír los ruegos del tigre,
el cangrejo cantó:
Ojos de mi hermano,
hasta el medio del mar
vuelen ya.
Sen, sen, sen.
Y los ojos del tigre se fueron.
Pero esta vez…

¡Tam!
Un gran pez se los tragó.

Y cuando el cangrejo
llamó de regreso a los ojos del tigre,
los ojos no regresaron.
El tigre, con su voz más dulce,
también cantó la canción.
Pero los ojos no regresaron.
Entonces, el tigre rugió y brincó,
dando manotazos para agarrar al cangrejo.
Y el cangrejo,
viendo que el tigre estaba tan bravo,
se desapareció en el mar.

Allí se quedó el tigre, solo, asustado
y sin ver absolutamente nada.
No podía correr, no podía cazar, no podía comer.
Ya se iba a morir de hambre,
cuando apareció el Rey Zamuro
y le preguntó cómo se encontraba.
—No me encuentro nada bien —gimió el tigre—.
Aquí estoy, ciego y hambriento,
porque el cangrejo mandó mis ojos lejos,
hasta el medio del mar,
y nunca más regresaron.
—Caramba, hermano, de verdad que estás
bien mal.
—Ayúdame, Rey Zamuro —suplicó el tigre—.
Y después yo mataré dantas para tí.
—Está bien, espérame.
Y el Rey Zamuro se fue.

Buscó pasta del árbol curí
y la puso a derretir al fuego,
revolviendo y revolviendo.

—Apúrese, Rey Zamuro —gruñó el tigre impaciente.
—Ya va, ya va —dijo el Rey Zamuro,
y lo mandó que se inclinara.
Rápidamente, le vació la pasta derretida
en los ojos, primero uno y después el otro.
El tigre no sintió nada, pero cuando se enderezó…
¡Ay, esa quemazón!
Y empezó a saltar y a rugir otra vez.
—¿Y qué te pasa ahora? —preguntó el Rey Zamuro
fastidiado.

–Es que los ojos me arden –se quejó el tigre.
–Lo que tienes que hacer es abrirlos, hermano.
El tigre abrió los ojos
y se le veían amarillos y brillantes.
–Bueno, pues, ahora vete a matar una danta para
mi comida –ordenó el Rey Zamuro.

Y el tigre, viendo todo claro
con sus ojos nuevos, se fue de caza
y le consiguió una danta al Rey Zamuro.

La gente de la Gran Sabana dice
que por eso el tigre
no mata sólo para comer,
sino también para pagarle al Rey Zamuro
los ojos brillantes que le regaló.
Y esos son los ojos especiales
que tienen todos los tigres,
desde entonces hasta ahora.

EL TIGRE Y EL CANGREJO es un cuento de la tribu pemón. Los pemón viven en la Gran Sabana en la región de Guayana del Sur de Venezuela. La Gran Sabana es la región de los tepui: altas montañas de paredes verticales y cimas planas, como el Auyantepui, de donde cae el Salto Angel o Churum-meru. En los tepui se encuentran especies muy raras de plantas y animales y los pemón dicen que allí habitan los espíritus *kanaima*.

Los pemón son gente sabanera, pero hacen sus conucos en la selva. Allí cultivan yuca, plátanos, ocumo, ñame, caraotas, auyama, lechosa, ají, tabaco y la planta mágica *kumi*. También cazan y pescan en los ríos de la Gran Sabana. Su pez favorito es el aimara y sus presas preferidas son los báquiros, venados, acures, lapas y dantas. Construyen casas circulares o semicirculares llamadas *maloka*, fabricadas de barro, madera y palma. Tienen una bella lengua y una rica tradición oral de cuentos y leyendas que ellos llaman *pantón* y que desgraciadamente se ha ido perdiendo desde que el hombre blanco ha intentado imponerles su cultura.

El tigre de este cuento es nuestro "tigre" venezolano, conocido en otros países como yaguar. En pemón el tigre se llama *kaikuse* y el cangrejo, *mawai*.

Este cuento fue recopilado por Fray Cesáreo de Armellada y publicado en su libro **Taurón Pantón.** Fray Cesáreo ha trabajado durante más de 30 años recogiendo la tradición oral de los pemón.